어른들이 모르는 요즘 애들 말

신구세대 소통사전

어른들이 모르는 요즘 애들 말

신구세대 소통사전

정재환 기획 한글문화연대 엮음

한글문화연대

신구세대 소통사전을 내며

지난 해 10월 충청남도 홍원문화원에서 한글을 주제로 특강을 했습니다. 언어도 환경이라는 관점에서 우리가 쓰는 말과 글이 정확하고 쉽고 편안해야 한다는 얘기였는데, 문화원에 모이신 300여 분의 청중들이 정말 열심히 들어주셔서 강의를 무사히 마칠 수 있었습니다.

질의응답 시간에 한 어르신께서 요즘 젊은이들이 하는 말을 통 알아들을 수 없다고 하소연하시면서 무슨 뜻인지 알 수 있도록 설명이 붙어있는 용어집을 하나 만들어 달라고 하셨습니다. 책을 만든다? 쉬운 일이 아니어서 즉답을 하기 어려웠지만 "궁리해 보겠습니다."라고 일단 답변을 드렸습니다.

서울로 돌아오는 차안에서 곰곰이 생각했습니다. 소통을 잘 하려면 말이 정확하고 쉬워야 한다고 강의 때마다 강조했지만 정작 지역에 계신 어르신들이 겪는 불편과 어려움에 대해서는 깊이 고민해 본 적이 없었던 것 같습니다. 그 동안 말로만 번지르르하게 떠들고 다녔다는 생각이 들었고, 순간 제 자신이 한없이 부끄러웠습니다. 얼굴이 화끈거렸습니다.

"그래 어르신들이 보시기 쉽도록 글자가 큼직하게 박힌 용어집을 하나 만들어 보자."

한글문화연대의 이건범 위원과 의논을 하고 경인문화사의 한정희 대표님께도 의논을 드렸습니다. 여러 가지 준비할 것도 없지 않아 시간은 좀 걸렸지만 작은 책자를 하나 만들게 되었습니다. 실은 책만 작은 것이 아니고 내용도 보잘 것이 없습니다. 그저 요즘 신세대가 자주 쓰는 신조어 · 유행어 · 은어 등을 뽑고, 설명과 예문을 달고 관련 어구를 제시하고 몇몇 어휘에 한해 대체어를 다는 정도에 불과합니다.

　책이 나오면 홍성에 계신 어르신들께 제일 먼저 책을 보내드릴 생각입니다. 그 날 용어집을 만들라고 하셨던 그 어르신과 그 어르신의 친구 분들 덕분에 세상에 나온 책이니까요. 아무쪼록 이 책이 젊은 세대의 말을 듣고 싶어 하시고 뭔가 말씀을 하고 싶어 하시는 60, 70대 어르신들께 조금이라도 도움이 되기를 바랍니다. 끝으로 책이 나오기까지 애를 써주신 모든 분께 고마움을 전합니다.

2012. 1. 1.
정재환(한글문화연대 공동대표)

(ㅅ)

(ㅇ)

제1회 번뜩이는 새말찾기 공모전 당선작

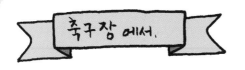

세레머니 → 흥사위 !

우리말로도
충분히 말할 수 있어요 !

제1회 번뜩이는 새말찾기 공모전 당선작 – 으뜸상

간지

◆ **아하~ 이런 뜻..**

일본말 간지. 최근 빈번하게 사용하고 있지만 간지는 본디 일본말임. 느낌, 분위기 등으로 바꿔써야 할 말. 폭풍을 붙인 '폭풍간지'는 간지를 강조한 말이다.

◆ **연관된 말**

느낌, 분위기

◆ **이럴 때 써요!**

친구1: 이게 요즘 유행하는 간지 선글라스야. 이건 간지 넥타이지.

친구2: 웬 간지 타령이야? 그냥 멋진 선글라스라고 하면 안 돼?

강추

◆ 아하~ 이런 뜻..

'강력 추천'의 줄임말

◆ 연관된 말

강력 추천

◆ **이럴** 때 써요!

내 친구가 음식들이 참 맛있다며 이 식당에 꼭 가 보라고 강추해 줬어!

개념 없다

◆ **아하~ 이런 뜻..**

상식을 벗어난 행동, 태도 때문에 눈살을 찌푸리게 한다.

◆ **이럴 때 써요!**

그런 거친 욕을 하다니 너 참 개념이 없구나.

개드립

◆ **아하~ 이런 뜻..**

영어 '애드립'(adlib)에 낮잡아본다는 의미의 '개'를 붙인 단어. 상대방이 터무니없는 말을 하거나 진실하지 못한 발언을 할 때 개드립이라고 일축한다.

◆ **연관된 말**

실언

◆ **이럴 때 써요!**

친구1: 친구야, 너 어디야?

친구2: 네 마음 속이지.

친구1: 개드립치네.

갠소

◆ 아하~ 이런 뜻..

'개인 소장'의 줄임말. 자료나 사진을 자신의 컴퓨
터에 저장하여 보관하겠다는 뜻

◆ 연관된 말

개인 소장

◆ **이럴 때 써요!**

친구1: 우와! 이거 네가 직접 찍은 나훈아 사진이
야?

친구2: 응. 이게 바로 갠소 사진이야.

걍

◆ 아하~ 이런 뜻..

'그냥'의 줄임말

◆ 연관된 말

그냥

◆ **이럴** 때 써요!

친구1: 뭐해?

친구2: 걍 있어.

건어물녀

◆ **야하~ 이런 뜻..**

직장에서는 매우 세련되고 능력 있는 여성이지만 일이 끝나면 미팅이나 데이트를 하는 것이 아니라 집에 와서 운동복을 입고 머리를 대충 묶고 맥주와 오징어 등 건어물을 즐겨 먹는 여성

◆ **이럴 때 써요!**

요즘 어머니들은 딸이 시집도 안 가고 건어물녀처럼 살아서 걱정이 많다.

고고씽

◆ **아하~ 이런 뜻..**

'시작', '출발', '가자'의 의미가 있는 구어.
영어단어 'gogo'(고고)와 의성어 '씽'의 합친 말로
재빠르게 달려가는 모습을 표현한 말

◆ **이럴 때 써요!**

친구1: 우리 영화를 보러 갈래?
친구2: 그래. 영화관으로 고고씽.

귀요미

◆ 아하~ 이런 뜻..

귀여운 사람이나 대상

◆ 연관된 말

귀염둥이

◆ 이럴 때 써요!

친구1: 손연재는 참 귀엽고 애교도 많아.

친구2: 맞아, 귀요미야.

귀차니즘

◆ 아하~ 이런 뜻..

귀찮은 일을 몹시 싫어하는 태도나 사고방식

◆ 연관된 말

귀찮아함

◆ **이럴** 때 써요!

친구1: 어제 내가 부탁한 일은 다 처리했니?

친구2: 미안해. 아직 못했어. 귀찮아서……

친구1: 아이고! 너도 참 귀차니즘이다.

근자감

◆ **아하~ 이런 뜻..**

'근거 없는 자신감'의 줄임말

◆ **연관된 말**

과한 자신감

◆ **이럴 때 써요!**

친구1: 요즘 거울을 볼 때마다 느끼는 건데, 나
　　　　참 예쁜 것 같아.
친구2: 어디에서 나온 근자감이니?

글설리

◆ 아하~ 이런 뜻..

'글쓴이를 설레게 하는 리플(댓글)'의 줄임말로 실제 글의 재미나 가치를 떠나서 글쓴이를 기분 좋게 해주고자 다는 댓글

김여사

◆ 아하~ 이런 뜻..

사장의 부인이 자가용을 끌고 다닌다는 데에서 나온 말로 운전을 못 하는 여성을 광범위하게 지칭하는 말로 발전했다. 도로에서 쩔쩔매거나, 황당한 사고를 내는 사람을 '김여사'라고 부른다.

◆ 이럴 때 써요!

주차를 손쉽게 할 수 있도록 도와주는 첨단 기술이 개발되어 운전을 잘 못하는 김여사에게 많은 도움을 줄 것으로 예상한다.

까도남

◆ 아하~ 이런 뜻..

까칠하고 도도하지만, 사랑할 수밖에 없는 남자
또는 까칠한 도시 남자

◆ 연관된 말

까칠한 매력남

◆ **이럴** 때 써요!

친구1: 너 왜 이렇게 까칠하니?
친구2: 요즘 까도남이 대세야.

깔맞춤

◆ 아하~ 이런 뜻..

색깔이 어울리도록 옷을 입음

◆ 연관된 말

색깔 맞춤

◆ **이럴** 때 써요!

민철이는 윗도리·아랫도리 둘 다 초록색으로 깔
맞춤해서 입었다.

깜놀

◆ **아하~ 이런 뜻..**

'깜짝 놀라다'의 줄임말

◆ **연관된 말**

깜짝 놀람

◆ **이럴 때 써요!**

등 뒤에서 갑자기 개짖는 소리가 크게 들려서 내
가 깜놀했어.

꿀벅지

◆ 아하~ 이런 뜻..

탄탄하고 건강미 있는 허벅지

◆ 이럴 때 써요!

저 여자 연예인의 허벅지 좀 봐. 완전 꿀벅지다.

꿀피부

◆ **아하~ 이런 뜻..**

마치 꿀을 바른 듯 촉촉하고 윤기나는 피부

◆ **연관된 말**

백옥 피부

◆ **이럴 때 써요!**

화장품 광고를 하는 여자 연예인들의 피부는 정
말 꿀피부야.

낚시

◆ **아하~ 이런 뜻..**

마치 미끼를 써서 고기를 낚듯이 사람을 속이거나 마음대로 움직이게 하여 원하는 바를 이루는 것을 뜻한다.

◆ **연관된 말**

미끼, 속임수

◆ **이럴 때 써요!**

친구1: 뭐해?

친구2: 지금 낚시 중이야. 좀처럼 안 속네.

낚이다

◆ **아하~ 이런 뜻..**

낚임을 당한다는 말로 거짓말, 농담에 속는 것을 뜻한다.

◆ **연관된 말**

속다, 당하다

◆ **이럴 때 써요!**

사기꾼의 속임수에 낚였다.

네고시에이션 → 밀당

우리말로 하면

더 쉬워져요 !

제1회 번뜩이는 새말찾기 공모전 당선작 – 버금상

남친

◆ 아하~ 이런 뜻..

남자 친구의 줄임말. '여친'은 여자 친구의 줄임말
이다.

◆ 연관된 말

남자 친구

◆ **이럴 때 써요!**

오늘이 남친과 만난 지 일 년 되는 날이다.

넘사벽

◆ **아하~ 이런 뜻..**

'넘을 수 없는 4차원의 벽'의 줄임말로 주로 둘을
비교할 때 더 잘난 쪽을 지나치게 과장하기 위한
표현

◆ **이럴 때 써요!**

영수는 나보다 키가 많이 커서 농구시합을 할 때
영수는 나에게 넘사벽이야.

넝마주

◆ **아하~ 이런 뜻..**

기업의 영업 결손이 여러 해 동안 지속된 결과, 기업 스스로의 노력만으로는 회복할 수 없게 된 주식

◆ **이럴 때 써요!**

전 세계적인 경제 불황에 따라 많은 중소기업이 넝마주로 돌변하였다.

노무족

◆ **아하~ 이런 뜻..**

'No More Uncle'(노 모어 엉클, 더 이상 아저씨가 아니다)에서 온 말. 나이와 상관없이 자유로운 사고와 생활을 추구하는 40대, 50대 이상의 중년 남성을 가리키는 말

◆ **이럴 때 써요!**

조영남은 대표적인 노무족이다.

놀토

◆ 아하~ 이런 뜻..

'노는 토요일'의 줄임말. 토요휴무일 제도로 학교가 둘째, 넷째 토요일을 쉬게 되면서 생긴 말

◆ 연관된 말

쉬는 토요일

◆ **이럴** 때 써요!

엄마: 민수야, 내일 학교 갈 준비 안 하니?

아들: 내일 놀토에요.

눈치까다

◆ 아하~ 이런 뜻..

'눈치를 채다'와 같은 뜻

◆ 연관된 말

눈치채다

◆ 이럴 때 써요!

아무래도 할멈이 내가 거짓말한 걸 눈치깐 것 같아.

-느님

◆ **아하~ 이런 뜻..**

하느님에서 파생된 말로 특정 분야에서 뛰어난 재능이나 탁월한 능력을 갖춘 사람을 일컫는 말. 예를 들어 '뽀느님'은 아이들이 좋아하는 '뽀로로'와 '느님'을 합한 말이고 '연느님'은 '김연아'와 '느님'을 합한 말이다.

◆ **이럴 때 써요!**

엄마1: 우리 집 애는 뽀로로만 보면 정신을 못 차려.

엄마2: 애들한텐 뽀로로가 최고지. 뽀느님이라고 도 하잖아.

닥본사

◆ **아하~ 이런 뜻..**

'닥치고 본방 사수'의 줄임말로 재미있는 방송이
니 제시간 방영 때 시청하라는 의미

◆ **연관된 말**

실시간 시청

◆ **이럴 때 써요!**

우리 할머니는 무슨 일이 있어도 전국노래자랑은
항상 닥본사하셔.

당근

◆ 아하~ 이런 뜻..

당연하다는 뜻으로 쓰는 말

◆ 이럴 때 써요!

친구1: 인생은 육십부터야.

친구2: 당근이지.

도촬

◆ **아하~ 이런 뜻..**

당사자의 동의 없이 그 사람의 행동이나 모습을
몰래 촬영하는 일(=몰카)

◆ **연관된 말**

몰래 카메라

◆ **이럴 때 써요!**

친구1: 김영감이 요즘 안 보여.

친구2: 여탕 도촬하다가 감옥 갔대.

돌싱

◆ 아하~ 이런 뜻..

'돌아온 싱글'의 줄임말. 이혼해서 배우자가 없는 사람

◆ 연관된 말

이혼남, 이혼녀

◆ **이럴 때 써요!**

그는 두 번의 결혼 실패를 겪었고 지금은 돌싱이다.

된장녀

◆ **아하~ 이런 뜻..**

외국 고급 명품이나 문화를 좇아 허영심이 가득
찬 여자

◆ **연관된 말**

허영녀

◆ **이럴 때 써요!**

친구1: 여보, 된장찌개를 좋아하면 나도 된장녀
　　　야?

친구2: 어림 반 푼어치도 없는 소리하지 마.

뒷담화

◆ **아하~ 이런 뜻..**

당사자가 없는 곳에서 그 사람을 헐뜯거나 나쁘게 말을 하는 것, 또는 그 말

◆ **연관된 말**

험담, 헐뜯기

◆ **이럴 때 써요!**

뒷담화하지 말고 앞에서 당당하게 이야기해.

득템

◆ 아하~ 이런 뜻..

한자 '얻을 득'(得)과 영어 '아이템'을 합한 말. 아이템은 게임에서 무기나 식량 등 자신에게 힘이 되는 물건을 뜻함. 최근에는 게임뿐만 아니라 일상에서도 어떤 물건을 손에 넣었을 때 '득템했다'고 한다.

◆ 연관된 말

획득

◆ 이럴 때 써요!

친구1: 어제 폐업한 가게에서 오천 원에 오리털 잠바 하나 건졌어.

친구2: 오, 득템했네.

듣보잡

◆ 아하~ 이런 뜻..

'듣도 보도 못한 잡놈'의 줄임말

◆ 연관된 말

잡놈

◆ **이럴** 때 써요!

친구1: 저 사람 꽤 잘난 척하는구먼.

친구2: 아니, 어디에서 저런 듣보잡을 데려왔어.

딸바보

◆ 아하~ 이런 뜻..

자신의 딸을 특별히 아끼는 아버지나 어머니를 이르는 말. 아들을 뜻하는 '아들바보'라는 말도 있다.

◆ 연관된 말

팔불출

◆ **이럴** 때 써요!

가수 윤도현은 소문난 딸바보이다.

떡밥

◆ 아하~ 이런 뜻..

인터넷에서 사람들의 주목을 끌고자 쓰는 자극적인 글 제목. 대부분 내용과 상관없다.

◆ 연관된 말

미끼

◆ **이럴 때 써요!**

인터넷 신문기사의 제목들은 내용과 무관하게 자극적인 표현을 사용하는 떡밥이 많다.

떡실신

◆ 아하~ 이런 뜻..

술을 거나하게 마시고 처참하게 쓰러지거나 무언
가에 힘을 쏟은 나머지 진이 다 빠진 모습

◆ **이럴 때 써요!**

그는 소주 세 병을 마신 끝에 떡실신했다.

레알

◆ 아하~ 이런 뜻..

영어 'real'(리얼)을 표기대로 읽은 것으로 진짜라는 의미

◆ 연관된 말

진짜, 사실

◆ 이럴 때 써요!

친구1: 나 로또 당첨됐어.

친구2: 레알?

친구1: 응, 5등.

루저

◆ **아하~ 이런 뜻..**

영어 'loser'(루저)와 같은 뜻으로 패자, 실패자라
는 뜻

◆ **연관된 말**

실패자, 패자

◆ **이럴 때 써요!**

친구1: 이번에 운전면허시험 또 떨어졌어.

친구2: 친구야, 낙담하지 마. 인생에 영원한 루저
　　　 는 없어.

밀고 당기고
네고시에이션 → 밀당

연인끼리도
사업에서도 쓸수있는
좋은 새말입니다.

제1회 번뜩이는 새말찾기 공모전 당선작 - 버금상

먹튀

◆ 아하~ 이런 뜻..

'먹고 튄다'의 줄임말. 자신의 이익만 챙기고 빠지는 것을 뜻한다.

◆ 이럴 때 써요!

주식시장이 건전해지려면 먹튀는 사라져야 한다.

모태솔로

◆ 아하~ 이런 뜻..

기독교의 모태신앙에서 따온 말로 아주 오랫동안
이성친구가 없는 사람을 뜻함

◆ 이럴 때 써요!

모태솔로는 외로워.

몰카

◆ 아하~ 이런 뜻..

당사자의 동의 없이 그 사람의 행동이나 모습을 몰래 촬영하는 일(=도촬)

◆ 연관된 말

도둑 촬영

◆ 이럴 때 써요!

지하철에서 미니스커트 입은 여성들의 다리를 몰카하던 사십 대 김아무개가 현장에서 체포됐다.

문상

◆ 아하~ 이런 뜻..

'문화상품권'의 줄임말. 초상이 났을 때 문상 가는
일과는 전혀 상관없다.

◆ 이럴 때 써요!

친구1: 애들 선물 뭐가 좋을까?

친구2: 문상이 좋지 않을까?

뭥미

◆ **아하~ 이런 뜻..**

컴퓨터 자판에서 '뭐임?'을 빠르게 쓰려다 오타가 난 것에서 비롯되어 궁금하거나 질문을 할 때 쓰는 말 혹은 비꼬는 말

◆ **연관된 말**

뭐지? 뭐야?

◆ **이럴 때 써요!**

친구1: 내 여권 사진 이미숙 같지 않니?
친구2: 뭥미?

므훗하다

◆ 아하~ 이런 뜻..

'흐뭇'을 뒤집어 만든 말

◆ 연관된 말

흐뭇하다

◆ **이럴** 때 써요!

난 이승기 얼굴만 봐도 므훗해.

버터 페이스

◆ **아하~ 이런 뜻..**

영어 'But her face'를 가리키는 말로 몸매도 좋고, 학벌도 좋고, 성격도 좋고, 능력은 뛰어나지만 외모가 아쉬운 여자에게 사용되는 단어. 'But her face'를 자연스레 발음해보면 '버터페이스(butterface)'가 된다. 외모를 비하하는 단어이기 때문에 사용을 피해야 한다.

◆ **이럴 때 써요!**

친구1: 그 여자는 학벌도 좋고, 성격도 좋고, 직업도 좋아, 다 좋아.

친구2: 그래 봐야 버터페이스잖아.

베프

◆ 아하~ 이런 뜻..

영어 베스트 프렌드(Best friend)의 줄임말로 절
친한 친구라는 뜻

◆ 연관된 말

절친한 친구

◆ 이럴 때 써요!

손녀: 할아버지, 얘가 제 베프에요.

할아버지: 배고프다고?

손녀: 아니오, 저랑 제일 친한 친구라고요.

별다방

◆ 아하~ 이런 뜻..

커피전문점 '스타벅스'를 우리말로 바꾸어 부르
는 말

◆ **이럴 때 써요!**

걔는 돈도 없으면서 맨날 커피는 별다방 가서 마
시더라.

본좌

◆ **야하~ 이런 뜻..**

해당 분야의 최고 또는 시초를 뜻하는 말이 신세대들 사이에서 자신을 높여 부르는 말로 변질하였다.

◆ **연관된 말**

1인자, 최고수

◆ **이럴 때 써요!**

난 뜨개질계의 본좌다.

볼매

◆ 아하~ 이런 뜻..

'볼수록 매력이 있다'의 줄임말

◆ 연관된 말

매력 덩어리

◆ **이럴** 때 써요!

그 여자를 처음 봤을 때는 평범했는데 보면 볼수
록 볼매야.

불펌

◆ **아하~ 이런 뜻..**

'불법으로 퍼감'의 줄임말. 인터넷에서 남의 글이
나 사진 등 자료를 불법으로 가져가는 행위

◆ **연관된 말**

도용

◆ **이럴 때 써요!**

이 사진의 저작권은 이 사진을 찍은 사진작가에
게 있습니다. 이 사진에 대한 불펌을 금지합니
다.(오른쪽 버튼 사용 금지)

비덩

◆ **아하~ 이런 뜻..**
'비주얼(visual) 덩어리'의 줄임말로 잘생긴 사람을 뜻한다.

◆ **연관된 말**
미남, 미녀

◆ **이럴 때 써요!**
아, 나도 비덩이 되고 싶다.

빠순이

◆ 아하~ 이런 뜻..

특정 운동선수나 연예인을 맹목적으로 좋아하고
쫓아다니는 여자를 낮잡아 이르는 말

◆ 연관된 말

열혈팬

◆ **이럴** 때 써요!

요즘 빠순이들은 좋아하는 연예인을 새벽까지 따
라다닌다.

빡치다

◆ 아하~ 이런 뜻..

'화나다', '짜증나다'를 강조한 말

◆ 연관된 말

화나다, 짜증나다

◆ **이럴** 때 써요!

종로에서 뺨 맞고 한강 가서 뒤통수 맞았다. 오늘은 정말 빡치는 날이다.

빵셔틀

◆ **아하~ 이런 뜻..**

학교 폭력의 한 형태로 일정 구간을 오락가락하
는 셔틀버스처럼 친구들 빵 심부름을 하며 오락
가락하는 아이를 가리키는 말.

◆ **이럴 때 써요!**

빵셔틀 없는 우리 학교, 대한민국 1등 학교

뻘짓

◆ 아하~ 이런 뜻..

아무런 소득 없이 헛되게 되어 버린 행동을 속되게 이르는 말

◆ 연관된 말

헛된 일

◆ **이럴 때 써요!**

친구1: 두 달 동안 따라다녔는데 알고 보니 임자가 있더라.

친구2: 뻘짓했구나, 쯧.

뼈그맨

◆ 아하~ 이런 뜻..

'뼛속까지 개그맨'의 줄임말로 천성이 개그맨인
사람

◆ 연관된 말

천생 개그맨

◆ **이럴** 때 써요!

요즘은 국회에도 뼈그맨들이 많아.

뽀통령

◆ 아하~ 이런 뜻..

'뽀로로'와 '대통령'을 합친 말. 뽀로로가 아이들에게 대통령과 같은 존재라는 뜻

◆ 연관된 말

뽀느님

◆ **이럴 때 써요!**

아이들에겐 아무것도 필요 없어. 뽀통령만 있으면 돼.

생선

◆ **아하~ 이런 뜻..**

'생일 선물'의 줄임말

◆ **이럴 때 써요!**

친구야, 나 빨강 목도리 갖고 싶어. 생선으로 빨
강 목도리 사줘.

생축

◆ **아하~ 이런 뜻..**

　'생일 축하'의 줄임말

◆ **이럴 때 써요!**

　너 오늘 생일이라면서? 생축!

생파

◆ 아하~ 이런 뜻..

'생일 파티'의 줄임말

◆ 이럴 때 써요!

너 오늘 생일이라면서 생파는 안 할 거야?

사랑하는 사람 → 그린네

우리말로 하면
더 특별해져요!

샤방샤방

◆ 아하~ 이런 뜻..

사람이나 물건이 보기에 화사하고 예쁜 모양

◆ 연관된 말

반짝반짝

◆ 이럴 때 써요!

텔레비전에 나오는 소녀시대의 눈빛이 샤방샤방

하구나.

선플

◆ **아하~ 이런 뜻..**

한자 '선'(善)과 영어 'reply'(리플라이)의 합성어
로 선한 의도로 쓴 댓글이라는 뜻

★ 댓글: 인터넷에서 기사나 글에 의견 또는 답
으로 적는 글

◆ **이럴 때 써요!**

선플달기 운동에 참여합시다.

센스쟁이

◆ **아하~ 이런 뜻..**

어떤 사물이나 현상에 대한 감각이나 판단력이
남보다 뛰어난 사람

◆ **이럴 때 써요!**

시험 기간에 컴퓨터용 사인펜을 넉넉히 가져와서
친구에게 빌려주다니, 너 센스쟁이구나.

셀카

◆ 아하~ 이런 뜻..

'셀프 카메라'의 줄임말로 자기 모습을 스스로 찍
는 것

◆ 이럴 때 써요!

심심할 때마다 셀카를 찍었더니 이제 셀카의 달
인이 되었다.

솔까말

◆ 아하~ 이런 뜻..

'솔직히 까놓고 말해서'의 줄임말

◆ 이럴 때 써요!

솔까말 너보단 내가 예쁘지.

수포자

◆ 아하~ 이런 뜻..

'수학을 포기한 자'의 줄임말

◆ 이럴 때 써요!

전국의 60퍼센트가 넘는 학생들이 수포자가 되는
현실이 참 안타깝다.

쉴드치다

◆ 아하~ 이런 뜻..

쉴드(Shield)란 영어로 방패를 뜻하는 말. 주로 게임에서 사용한다. 누군가를 무조건 방어하고 보호하려는 맹목적인 행동을 뜻한다.

◆ 연관된 말

편들다

◆ **이럴 때 써요!**

싫어하는 연예인들은 신랄하게 욕하면서 좋아하는 연예인의 잘못된 행동에는 맹목적으로 쉴드치는 팬들의 태도는 고쳐져야 한다.

십장생

◆ 아하~ 이런 뜻..

10대도 장차 백수가 될 것을 생각한다는 뜻. 오래 산다는 열 가지 사물을 뜻하는 십장생과는 전혀 다른 말

◆ 이럴 때 써요!

십장생이라는 말의 등장은 우리를 슬프게 한다.

쌍수

◆ 아하~ 이런 뜻..

'쌍꺼풀 수술'의 줄임말

◆ 이럴 때 써요!

어제 쌍수를 해서 붓기가 아직 가라앉지 않았다.

쌩얼

◆ **아하~ 이런 뜻..**

화장하지 않은 얼굴

◆ **연관된 말**

민낯

◆ **이럴 때 써요!**

영숙이는 화장한 모습도 예쁘지만, 쌩얼도 봐줄
만하다.

악플

◆ 아하~ 이런 뜻..

한자 '악'(惡)과 영어 '리플라이'(reply)의 합성어로 악한 의도로 쓴 댓글이나 욕을 뜻한다.

◆ 연관된 말

나쁜 댓글

◆ **이럴 때 써요!**

근거 없는 악플로 사람들이 상처받는다.

안습

◆ 아하~ 이런 뜻..

'안구에 습기 차다'를 줄인 말로 눈물이 날 것 같
은 정도로 웃기거나 안타까운 상황에 쓰이는 말
이다.

◆ 이럴 때 써요!

안습, 성적이 떨어졌네.

알바

◆ 아하~ 이런 뜻..

아르바이트의 줄임말

◆ 이럴 때 써요!

할아버지: 요즘 네 오빠가 무척 바쁘구나.

손녀: 며칠 전부터 햄버거 가게에서 알바해요.

어장관리

◆ 야하~ 이런 뜻..

인맥을 위해 적당한 친분을 유지한다는 뜻. 주로 남녀 관계에 사용하는데 실제로 사귀지는 않지만 마치 사귈 것처럼 친한 척하면서 자신의 주변 이성들을 관리하는 태도를 말한다.

◆ 이럴 때 써요!

친구1: 오늘 내가 지나갈 때 철수가 문 열어줬어.
　　　철수가 날 좋아하는 게 아닐까?
친구2: 아니야. 철수가 어장관리하는 거야.

얼꽝

◆ 아하~ 이런 뜻..

얼굴이 못생겼다는 뜻. '얼짱'의 반대말.

◆ 연관된 말

추남, 추녀

◆ 이럴 때 써요!

친구1: 우리 학교 얼꽝은 누구야?

친구2: 바로 너!

얼짱

◆ 아하~ 이런 뜻..

얼굴이 잘생겼다는 뜻. '얼짱'의 반대말

◆ 연관된 말

미남, 미녀

◆ 이럴 때 써요!

성형수술하면 얼짱 된다더니 돈만 날렸네.

엄친딸

◆ 아하~ 이런 뜻..

'엄마 친구의 딸'의 줄임 말. 반드시 엄마 친구의 딸이 아니어도 외모, 학벌, 집안 등 여러 면에서 뛰어난 여자를 비유적으로 이르는 말이다.

'엄마 친구 딸은 이번에 또 일 등 했단다.'라는 엄마의 넋두리 같은 대사에서 파생된 말. 아들을 뜻하는 '엄친아'라는 말도 있다.

◆ 이럴 때 써요!

김태희는 엄친딸이다.

열공

◆ **아하~ 이런 뜻..**

'열심히 공부하다'의 줄임말

◆ **이럴 때 써요!**

시험이 일주일 앞으로 다가왔으니 나도 이제 열
공 해야겠다.

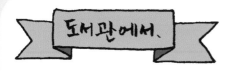

차례·목차 → 내리비치

재미있고 독특한
우리 새말도 있어요!

제1회 번뜩이는 새말찾기 공모전 당선작 – 보람상

오나전

◆ 아하~ 이런 뜻..

컴퓨터 자판에서 '완전'을 빠르게 쓰려다 잘못하여 오타가 난 것에서 비롯된 말

◆ 연관된 말

완전

◆ **이럴 때 써요!**

친구1: 담임선생님이 빵 사준대.

친구2: 정말 오나전 좋아!

오덕후

◆ **아하~ 이런 뜻..**

일본어 '오타쿠'(おたく :otaku)에서 온 말. 한 분야에 열중하는 마니아보다 더욱 심취해 있는 사람을 이르는 말. 줄여서 오덕 또는 덕후라고도 한다. 이보다 더 강하게 비하하는 말로는 십덕후(씹덕후)가 있다.

◆ **연관된 말**

열광

◆ **이럴 때 써요!**

영철이는 일본 애니메이션에 미쳤다. 세상에 그런 오덕후가 없다.

오버하다

◆ 아하~ 이런 뜻..

지나치게 과장된 말이나 행동을 한다는 뜻

◆ 이럴 때 써요!

별로 무섭지도 않은데 소리를 지르며 남자 친구에게 안기는 것은 좀 오버다.

오크

◆ 아하~ 이런 뜻..

게임에서 나오는 못생긴 괴물의 이름. 못생긴 사람을 지칭하는 말로도 쓰인다. 오크녀, 오크남 등의 말로 응용된다.
반대말로는 엘프가 있다.

◆ 연관된 말

추남, 추녀

◆ **이럴** 때 써요!

친구1: 쟤는 얼짱이야.
친구2: 아니야, 얼짱에도 등급이 있는데 제일 못생긴 오크녀야.

완소

◆ 아하~ 이런 뜻..

'완전 소중'의 줄임말. 소중한 물건이나 사람을 표현할 때 사용한다. '완소○○'처럼 좋아하는 드라마 속 인물이나 배우의 이름 앞에 붙여서 사용한다.

◆ **이럴 때 써요!**

조인성은 모든 여고생에게 완소남이다.

완판녀

◆ **아하~ 이런 뜻..**

드라마나 광고 때 협찬 받아 입은 옷, 구두 등의 소품들이 완전히 팔리게 되는 여배우

◆ **이럴 때 써요!**

황정음은 드라마 '거침없이 하이킥'에서 입고 나온 옷이나 구두, 악세사리 등 협찬 받은 것들이 모두 판매 되어서 완판녀라는 타이틀을 얻었다.

인증샷

◆ **아하~ 이런 뜻..**

어떤 행위가 실제로 있었거나 어떤 일이 사실임
을 증명하기 위해 찍은 사진

◆ **연관된 말**

증거 사진

◆ **이럴 때 써요!**

친구1: 어제 공항에서 박지성이랑 인사하고 악수
　　　도 했다.

친구2: 인증샷 있어?

친구1: 아뿔사, 인증샷을 깜빡했네.

절친

◆ 아하~ 이런 뜻..

'절친한 친구'의 줄임말

◆ 이럴 때 써요!

영구와 땡칠이는 둘도 없는 절친이다.

제물포

◆ 아하~ 이런 뜻..

'쟤 때문에 물리 포기'라는 뜻으로 흔히 잘 가르치지 못하는 물리 선생님을 지칭하는 말. 이유는 알 수 없지만 '쟤'가 '제'가 되었다.

◆ 이럴 때 써요!

우리 학교 선생님 가운데는 제물포가 없어서 정말 다행이야.

종결자

◆ **아하~ 이런 뜻..**

최고의 수준에 오른 사람

◆ **연관된 말**

최고수, 달인

◆ **이럴 때 써요!**

달인 김병만은 노력의 종결자다.

주부애

◆ 아하~ 이런 뜻..

'주먹을 부르는 애교'의 줄임말로 징그럽고 부담
스러운 애교를 뜻한다.

◆ 이럴 때 써요!

친구1: 친구야, 나 어때? 귀여워? 뿌잉뿌잉~
　　　　이쁜 짓, 뀨우뀨우!
친구2: 어휴, 너의 애교는 정말 주부애구나.

중2병

◆ **아하~ 이런 뜻..**

중학교 2학년 나이 또래의 사춘기 청소년들이 흔히 겪게 되는 심리적 상태를 빗댄 언어로, 자아형성 과정에서 '자신은 남과 다르다' 혹은 '남보다 우월하다' 등의 착각에 빠져 허세를 부리는 사람을 얕잡아 일컫는 인터넷 속어

◆ **이럴 때 써요!**

우리 아버지는 평생 중2병을 앓고 있어.

지름신

소비를 부채질하는 권능을 가진 신이라는 뜻. 자신의 과한 구매 또는 소비를 변명할 때 쓰는 말이다.

◆ 연관된 말

충동 구매

◆ **이럴 때 써요!**

친구1: 그 가방 처음 보는 거다?

친구2: 응, 어제 지름신이 내려서 하나 샀어.

지못미

◆ **아하~ 이런 뜻..**

'지켜 주지 못해 미안해'의 줄임말로 좋아하거나 숭배하는 누군가가 굴욕적인 일을 당했을 때의 안타까운 마음을 표현

◆ **연관된 말**

안타까움

◆ **이럴 때 써요!**

억울하게 누명을 쓰고 구속된 아무개의 소식을 전하는 기사에 지못미라는 댓글이 수십 개 올라왔다.

짐승남

◆ **아하~ 이런 뜻..**

육체미와 건강미가 넘치는 남자

◆ **연관된 말**

대장부

◆ **이럴 때 써요!**

배용준도 열심히 운동해서 짐승남이 되었다.

짭

◆ 아하~ 이런 뜻..

가짜, 모조품을 이르는 말

◆ 연관된 말

가짜

◆ 이럴 때 써요!

친구1: 이 가방 거금 이십만 원 주고 샀다.

친구2: 그런데 그거 짭 같은데?

친구1: 뭐?

짱

◆ 아하~ 이런 뜻..

최고라는 뜻

◆ 연관된 말

최고, 우두머리, 대장

◆ **이럴 때 써요!**

친구1: 교실 맨 앞에 앉아 있는 저 조막만 한 애
는 누구야?

친구2: 쟤가 우리 학교 짱이야.

짱나

◆ **아하~ 이런 뜻..**

'짜증나'의 줄임말

◆ **연관된 말**

짜증

◆ **이럴 때 써요!**

오늘 성적표 나왔어. 완전 짱나.

쩐다

◆ 아하~ 이런 뜻..

말하고자 하는 특정한 대상이나 사물이 매우 대단하여 감탄하는 말

◆ 연관된 말

엄청나다, 대단하다

◆ 이럴 때 써요!

친구1: 어제 김연아 경기하는 거 봤니? 역시 세계 최고야.

친구2: 그래, 정말 쩔더라.

찌질이

◆ **아하~ 이런 뜻..**

다른 사람과 잘 어울려 놀지 못하는 아이 또는 지
지리도 못난 놈을 뜻하는 말

◆ **연관된 말**

외돌토리, 외톨이, 못난 놈

◆ **이럴 때 써요!**

저 아이는 매일 혼자 지내는 '찌질이'다.

엘리베이터 → 오르내리미

우리말로 하면
쉬워요 !

찌질하다

◆ 아하~ 이런 뜻..

가난해 보이다, 없어 보이다, 허접하다, 어설프
다, 하찮다, 별것도 아니다, 볼품 없다 등등을 뜻
하는 말

◆ 이럴 때 써요!

대장부가 너무 찌질하게 굴지 마라.

찐

◆ 아하~ 이런 뜻..

진짜, 진품을 이르는 말

◆ 연관된 말

진짜, 진품

◆ 이럴 때 써요!

친구1: 이 지갑은 면세점에서 사도 사십만 원
　　　이야.

친구2: 야, 찐은 너무 비싸.

찐따

◆ **아하~ 이런 뜻..**

학급 친구가 단 한명도 없이 혼자가 되어 놀거나 반 친구들에게 욕을 듣거나 무시당하는 학생을 이르는 말

◆ **연관된 말**

칠푼이, 외돌토리

◆ **이럴 때 써요!**

친구1: 이번 주 화장실 청소는 누가 해야 하지?
친구2: 뭘 고민해. 찐따시키면 되지.

찐찌버거

◆ 아하~ 이런 뜻..

'찐따', '찌질이', '버러지', '거지'의 합한 말

◆ 이럴 때 써요!

3학년 7반에는 왜 찐찌버거들만 모여 있냐?

차도남

◆ 아하~ 이런 뜻..

'차가운 도시의 남자'의 줄임말로 냉소적이고 차
갑지만 매력적인 남자를 뜻한다.

◆ 이럴 때 써요!

친구1: 홍길동 씨 어때?

친구2: 겉보기에는 차도남이지만 속마음은 따뜻
한 사람이야.

초식남

◆ 아하~ 이런 뜻..

남자다움을 강하게 드러내지 않으나 자신의 취미
활동에는 적극적이고 이성과의 연애에는 소극적
인 남자

◆ 이럴 때 써요!

우리 아빠는 초식남이라서 엄마하고 결혼할 때
많이 망설였다고 했다.

초콜릿 복근

◆ **야하~ 이런 뜻..**

초콜릿 조각처럼 여섯 조각으로 두드러져 보이는
배의 근육

◆ **이럴 때 써요!**

우리 오빠는 권상우 같이 초콜릿 복근을 만들고
자 헬스클럽에 다니기 시작했다.

취업 5종

◆ 아하~ 이런 뜻..

취업할 때 꼭 필요한 다섯 가지 : 어학연수, 공모
전 수상, 인턴, 봉사 활동, 자격증

◆ 이럴 때 써요!

요즘에는 취업 5종을 다 갖추지 못하면 취업하기
정말 어렵다.

킹왕짱

◆ 아하~ 이런 뜻..

영어 'King'(킹)에 한자 '王'(왕)을 덧붙이고, 거기에 최고라는 뜻의 '짱'을 합한 말. 최고 중의 최고라는 뜻으로 매우 대단하다는 것을 강조한 말.

◆ 연관된 말

최고, 대단하다

◆ **이럴 때 써요!**

우리에게는 우리 담임 선생님이 킹왕짱이다.

패션 테러리스트

◆ 아하~ 이런 뜻..

옷을 아주 못 입는 사람

◆ 이럴 때 써요!

결혼식 날에 등산복에 구두를 신고 온 우리 삼촌
은 패션 테러리스트다.

포스

◆ **아하~ 이런 뜻..**

영화 '스타워즈' 시리즈의 제다이들이 사용하는 에너지 형태로 Force의 본래 뜻인 힘, 기운과 같이 추상적인 개념으로 사용한다. 사람의 기운이나 인상이 강력하게 느껴질 때 감탄사로 사용하거나 기운, 압력의 의미로 사용한다.

◆ **연관된 말**

기운, 힘, 권위

◆ **이럴 때 써요!**

우리 선생님은 포스가 장난 아니야. 말 한마디에 애들이 꼼짝 못한다니까.

품절남

◆ **아하~ 이런 뜻..**

원래 '품절'은 물건이 다 팔리고 없다는 것을 뜻한
다. 여기에 '남자'가 합해져서 생긴 '품절남'은 인
기가 많지만 이미 애인(배우자)이 있거나 막 생긴
남자를 가리킨다. '품절녀'라는 말도 있다.

◆ **연관된 말**

임자 있는 남자

◆ **이럴 때 써요!**

장동건, 권상우, 차승원, 이선균, 차태현은 모두
품절남이다.

헐

◆ 아하~ 이런 뜻..

'헉'의 다른 말로 강세와 길이에 따라 느낌이 조금 다를 수 있다. 흔히 황당할 때, 무시당했을 때, 화가 날 때, 할 말이 없을 때, 짜증 날 때, 놀랐을 때, 어이없을 때 등등 여러 상황에서 쓴다.

◆ 이럴 때 써요!

친구1: 우리 아파트 두 채고 우리 집에 자동차 두 대 있고 우리 누나는 시집 두 번 갔어.

친구2: 헐~

화성인

◆ **아하~ 이런 뜻..**

평범한 사람들과 다르게 자신만의 독특한 삶을
살고 있는 사람을 가리키는 말

◆ **비슷한 말..**

독특한 사람, 별종

◆ **이럴 때 써요!**

우동을 먹으러 점심 때에 일본에 갔다 오는 우리
팀장님을 회사 직원들은 화성인이라고 부른다.

훈남

◆ 아하~ 이런 뜻..

마음이 따뜻하고 부드럽고 포근하고 훈훈한 남자

◆ 이럴 때 써요!

우리 학교 과학 선생님은 훈남 중의 훈남이라 학생들에게 인기가 많다.

흔녀

◆ **아하~ 이런 뜻..**

'흔한 여자'의 줄임말로 보통 여자를 뜻한다.

◆ **비슷한 말..**

평범한 여자

◆ **이럴 때 써요!**

연봉이 일억이 넘는 전문직 여성이나 명문대가의
규수, 똑똑한 여자 박사보다 난 그냥 평범한 흔녀
가 좋아.

남의 말에 혹하는 사람 → 팔랑귀

짧고 재치있는 새 말이
재미있어요!

제1회 번뜩이는 새말찾기 공모전 당선작 – 보람상

어른들이 모르는 요즘 애들 말

신구세대 소통사전

한글문화연대

펴낸 날: 2012년 2월 22일
펴낸 이: 고경희
펴낸 곳: 한글문화연대

기획: 정재환(한글문화연대 공동대표)
감수: 정재환(한글문화연대 공동대표)
　　　김슬옹(국어교육학 박사, 동국대 국어교육과 겸임교수)
　　　이건범('내 청춘의 감옥' 저자, 출판인)
　　　김명진(출판인)
자료 제공: 이현희(평화방송 작가)
자료 정리: 이희라(한글문화연대 간사)
사례 조사: 성심여고 자원봉사단 8명(김은아, 김지원, 김혜빈,
　　　　　심수현, 윤가영, 최수빈, 최혜빈, 황지민)
조사 정리: 2011년 10월 10일 ~ 11월 28일
삽화: 선현경

주소: 서울시 마포구 도화동 536번지 정우빌딩 303호
전화: 02-780-5084
누리집: www.urimal.org (한글문화연대)

디자인·편집: 경인문화사
ISBN 978-89-499-0843-4 03810
값 7,000원

◆ 이 자료는 한국정보화진흥원 지원사업으로 만들었습니다.